Das Buch

»Mozart ist ein Wunderkönig,
Fürst der Fürsten vom Olymphe.
Und geliebt hat er nicht wenig . . .
Von der Hausfrau bis zur Nymphe.«

Julie Schrader, die diese Verse schrieb, wird von nun an neben ihrer Schwester im Geiste, Friederike Kempner, einen Ehrenplatz im »Olymphe« einnehmen. So, wie sie sich um des Reimes willen kurzerhand den Olymp zurechtbog, so wenig zimperlich war sie auch in der Liebe. Ungemein ehrlich und burschikos macht sie ihrem Herzen Luft, wenn sie einer Rivalin die Pest und Räude an den Hals wünscht oder ihre Liebhaber besingt. Sie schrieb sich alles von der Seele, was sie bewegte: Geistliches, Politisches, Reise- und Naturerlebnisse, Gedanken zur Kunst und Historie und immer wieder die Liebe. Julie Schraders Gedichte wurden damals lediglich in Familienzeitschriften, Almanachen und Kalendern gedruckt. Dreißig Jahre nach ihrem Tode gab ihr Großneffe Berndt W. Wessling die ersten Gedichtbände heraus, aus denen hier eine Blütenlese vorgelegt wird. »Komik zwischen Wollen und Können, ambitionierter Höhenflug, der von den Bleigewichten vollkommener, unreflektierter Naivität niedergezogen wird, ohne es zu merken – hier begegnet man von Seite zu Seite überraschenden, neuen Varianten, und man lacht Tränen.« (Kurt Honolka in den ›Stuttgarter Nachrichten‹)

Die Autorin

Julie Schrader, 1881 in Hannover geboren, wurde 1900 Haustochter in einer Bremer Konsulsfamilie. Sie schenkte ihre Gunst einer ansehnlichen Schar von Männern, die sie auch in ihren Gedichten besang. Zu ihren Favoriten gehörten Sternheim, Arno Holz, Emil von Schönaich, Paul Lincke, Münchhausen und Leo Fall. Nach ihrer späten Heirat verkümmerte sie in dem Dorf Oelerse. 1939 nahm sie sich das Leben.

Wenn ich liebe, seh ich Sterne
Gedichte der Julie Schrader

Herausgegeben von Berndt W. Wessling

Deutscher
Taschenbuch
Verlag

dtv

1. Auflage November 1971
4. Auflage Dezember 1977: 40. bis 51. Tausend
Deutscher Taschenbuch Verlag GmbH & Co. KG, München
Lizenzausgabe mit freundlicher Genehmigung des Hoffmann und Campe Verlags, Hamburg
Auswahl aus ›Über den Sternen, da wehen die Palmen‹
ISBN 3-455-06775-1
Umschlaggestaltung: Celestino Piatti

Gesamtherstellung: C. H. Beck'sche Buchdruckerei, Nördlingen
Printed in Germany · ISBN 3-423-00789-3

Inhalt

Meiner Mutter
Anni Julie Wessling

Zum Geleit

Die Naiven finden in unserer Zeit wieder Beachtung. Malende Omas und Opas sind en vogue, Dichterinnen, die mit elegischer Penetranz den Gefühlsnerv treffen, kommen ins Geschäft, und Schriftstellerinnen, die es »so fließen lassen, wie es Ihnen aus dem Herzen läuft«, werden mit allen Mitteln gefördert.

Daß natürlich auch die Naiven vergangener Epochen, sozusagen als Vorfahren der heutigen Reimer, sich einer Renaissance erfreuen dürfen, versteht sich beinahe von selbst. Allerdings gibt es Generationsunterschiede: Während die zeitgenössischen »Poetanten« mit gewisser Ernsthaftigkeit und »psychoanalytischer Erprobung« betrachtet werden, hat man an den »Naiven« der Kaiserzeit zum Beispiel einen Heidenspaß.

Die Königin der Naiven, Friederike Kempner, erfreut sich beim Publikum aller Schattierungen einer Beliebtheit, die womöglich nicht einmal der literarisch integre Wilhelm Busch auf sich beziehen kann. Dabei sollte man bedenken, daß auch die Kempner einst weite Anhängerkreise besaß, die sehr ernst und »tiefschürfend« den Träumereien des »schlesischen Schwans« nachsannen und nie auf den Gedanken gekommen wären, daß der Begriff Travestie bei diesen »erquickenden, allerliebsten und höchst gediegenen Erfindungen« (Frida Schanz) eine Rolle spielt.

Wie dem auch sei: Was dem Publikum der Ostprovinzen die Kempner, hätte den »Lyristen« Norddeutschlands Julie Schrader sein sollen. Hätte! – Zwischen beiden, die sich nicht kannten, gab es beträchtliche Unterschiede, gesellschaftlicher und empfindungsmäßiger Art. Die Kempner war so reich, daß sie ihre Gedichte in Sammelbänden drucken lassen konnte. Sie lebte in gutsherrlicher Umgebung, war die »schlesische Prinzessin von Judäa mit dem Bankkonto bleichröderscher Provenienz« (dicit Alfred Kerr, ihr Neffe) und tat sich gütlich am Medisancentum ihrer Zeit. Die Schrader fristete ihr Dasein als Hausdame, als Bonne und »konsularische Anstandsdame«. Ihre Gedichte erschienen »so hier und da« in den Heimchen-am-Herd-Blättern und Gazetten der Kaiserzeit. »Sie verkleckerte sich«, sagte einst Arno Holz, der auf sie aufmerksam gemacht worden war. Hinzu kommt, daß Julie Schrader eine Generation später lebte als die Kempner: 1881 bis 1939.

Und doch gibt es eine dichterische Wahlverwandtschaft zwischen beiden, denn sie »erfühlten aus ungeschützten Gefühlen«. Feine Geistigkeit, nuancenreiche Form existierte nicht für sie. Sie schrieben ihre Gefühle auf, so wie diese ihren Geist und Körper durchpulsten. Und das macht sie schließlich zu »Naiven«.

In meinen Versen lebt die Welt,
die niemals auseinanderfällt.
Es ist die beste Welt von allen,
für mich erbaut zum Wohlgefallen.
Drin lebe ich und will ich stehen:
Die and're mag zum Teufel gehen!

Dieses unmißverständliche Bekenntnis »Fräulein Julies« steht in einem Brief an ihren »Kollegen« Börries Freiherr von Münchhausen. Der Erfinder der Lederhosen-Saga hinterließ über seine »liebenswerte Schwester Verseschmiedin« den Satz: »Ihre unglaubliche Naivität zieht durch mein Gemüt wie das Aroma einer Pfeife voll guten Tabaks.«

Die Reimereien der Schrader wurden von den »hochedlen, bornierten Geistesschindern« – womit sie die »durch Zufall oder Geld angesehene Dichterschaft« ihrer Zeit meinte – kaum ernst genommen. Aber sie wollte ernst genommen sein, wie der »schlesische Schwan«, mit dem »Fräulein Julie« – wie sie der Dichter Prinz Emil von Schönaich-Carolath titulierte – so viel Ähnlichkeit besaß.

Die Gedichte der Schrader zierten einst, mit üppigen Gründerzeit- und Jugendstil-Randleisten versehen, die Daheim-Kalender-Seiten, waren »liebliche und allerherzlichste Bijous« im ›Hausfreund‹ (so Frida Schanz), waren in Heimatkalendern zu genießen und gerieten – wer weiß, auf welchem Wege – bisweilen in die großen Berliner und Wiener Gazetten und in die Almanache der Wilhelminischen Ära. Ein geistliches Lied wurde sogar für würdig befunden, in einem früheren Gesangbuch der Lippischen Landeskirche aufgenommen zu werden, wo es 1937 noch unter der Autorenangabe »Volksmund« zu finden war.

Julie Schrader dichtete, »weil es dauernd in meinem armen Kopfe reimt und sucht«. Eine Gelegenheitsdichterin vom Schlage der Natalie von Eschstruth? Nein! – Mit den dichtenden Fräuleins im Zeitalter »Wilhelms mit dem kurzen Arm«, mit den literarisch ambitionierten Offizierswitwen und Geheimratsliebchen hatte die Schrader nichts gemein, auch nichts mit den »poetischen Mauerblümchen«, die sich in der stillen Kammer einen Tristan erdichteten, aber höchstens für einen Mime taugten.

Julie Schraders »Dichtung« ist ungemein ehrlich. Es haftet ihr nichts Gekünsteltes an. Sie sagt die Dinge so, wie sie fühlt und sieht.

So schmuck der Mann, daß Gott erbarm!
Der Kaiser hat 'nen kurzen Arm.
Doch hat er Geist, der Feindesfänger . . .
Das macht den Arm ihm etwas länger.

Sie schreibt ihr Gefühl auf. »Und am Schlusse lasse ich es reimen«, schrieb sie einer Freundin. »Was sich nämlich am Schlusse reimt, ist Harmonie. Wenn ich was Böses gesagt habe und es reimt sich, dann ist es eigentlich nichts

Böses mehr.« Welch eine Philosophie! Den Trugschluß einer solchen Aussage sah sie nicht. Vieles ist mit »ungemein naivem Charme« erzählt (Wilhelm Hönges), der allerdings überdeckt wird von einem Hauch Melancholie. So spiegeln ihre Gedichte das tragisch endende Leben einer seltsamen Frau.

1881 wurde sie in Hannover als Tochter eines höheren Angestellten der Eisenbahn und einer äußerst lebenstüchtigen Bauerntochter geboren. Sie war von Kindheit an schwach, zierlich und träumerisch veranlagt. So ganz und gar das Gegenteil des robusten, kräftig gewachsenen niedersächsischen Typus.

»Unsere Julie ist von feiner, schöner Natur«, schrieb 1900 ihre Mutter, »Grummuttée Schrader« in der Familie geheißen, an die »amerikanischen Verwandten«, an jenen Siegismund Drießelmann, von dem in Julchens Gedichten nicht selten die Rede ist. »Sie ist für was Besseres erschaffen, richtig prinzessinnenlich, manchmal auch ein Stück marode, was sich aber wohl kurieren läßt.«

Sehr früh verlor Julie ihren Vater bei einem Eisenbahnunglück auf dem Bahnhof Hannover. Im selben Jahr (1888) starben die Schwestern Irene und Frida an einer Infektion. »Aus dem Haus der Trauer in der Jacobistraße Hannovers« zog sie mit ihrer Mutter und zwei weiteren Geschwistern aufs Land, in das Heidedorf Rosche, wo man von der »guten Pension« lebte, die den Hinterbliebenen des Dietrich Schrader ausgezahlt wurde.

Das Bild der sechzehnjährigen Julie zeigt ein Mädchen von außergewöhnlicher Schönheit. Vier Jahre später, als Haustochter in einer Bremer Konsulsfamilie, war sie »zu einer wahren Rose erblüht«, hatte sie alle Schwachheit des Körpers verloren. »Ich schwimme jetzt zu neuem Leben frei«, vertraute sie ihrem Tagebuch an.

Kurz zuvor war »Emil« in ihren Lebensbereich getreten. Es war der dichtende Prinz Emil von Schönaich-Carolath, der ihr »mehr als gewogen und gediegen« war.

Sie »schwelgte mit ihm in Correspondence«. Und da gibt es die Zeilen:

Mein Diesseits Du, mein Augenblick!
Wie lieb' ich Dich, Du bestes Stück!
Mein Herzensblitz, zart' Donnergrollen!
Wenn auch die ander'n es nicht wollen!

Ihre Poems an Emil sind eine köstliche Probe ihrer Burschikosität.

Sie schoß bisweilen arge Purzelbäume, wenn sie etwa Beethoven andichtete:

Beethoven, oh, Ludwig van!
Hatte Gott dich auch verlassen...
Deine Lieder pfeifet man
In den Domen, auf den Straßen!

Auf Beethoven konnte sie keinen Reim finden, wohl aber auf das »van«. Man stelle sich einmal »gepfiffene« Beethoven-Lieder in Domen vor!

Es gab eigentlich nichts, was Julie Schrader nicht bedichtete. Da besuchte sie der Cousin Siegismund Drießelmann aus Amerika, der sie auf einem Ball bei einem Walzer sitzen ließ. Ihren Unmut bekam er per Gedicht zu hören:

Siegismund, ich muß Dich tadeln!
Ausgerechnet jetzt Vakanz!
Wo ich doch die »Badner Madln«
Für mein Leben gerne tanz'!

Siegismund war ein Schlimmer! Sie »setzte ihm Pardon«:

Halt, mein Freund, aus neuen Welten,
Halt, mein Freund, ich setz' »Pardon!«

Denkst Du, ich will mich erkälten,
Wenn Du nimmst das Kleid davon?

Ich schätze, daß sie mehr als 2000 Gedichte geschrieben hat, wovon rund ein Drittel erhalten geblieben sind. Eine Sammlung hat es bisher nie gegeben, denn welcher Verleger um 1910 hätte es gewagt, Gedichte wie dieses zu drucken, das die Überschrift ›Sedanstag‹ trägt:

Bist Du's Dichter, der mich neckt
Und sich hinterm Stuhl versteckt?
Ei, Du Schelm, willst Du mich greifen
Und mich auf den Diwan schleifen?
Nein, Poet, am Sedanstage
Lassen wir das Sektgelage!

Die prüden Zensuronkel der Kaiserzeit hätten Herausgeber nebst Autorin wegen Pornographie und Majestätsbeleidigung hinter Gitter gebracht. 1908 war das Todesjahr Emil von Schönaichs. Da finden wir einen Stoßseufzer in Julchens Tagebuch:

Jetzt ist er hinweggeschwunden,
Dieser Meisterpoetant.
Ach, ich denke an die Stunden,
Da ich zitternd vor ihm stand.

»Poetant!« – Julchen war im Worterfinden groß. Um des Reimes willen wurde aus dem Dirigenten ein »Dirigeur«, aus dem Zuschauer ein »Visitant«.

Carmenzita heißt das Mädchen,
Singen kann sie sehr galant.
Als José fühlt sich ein jeder
Tief erregter Visitant.

Wie sie ihn so wild umturtelt,
Trinkt mit ihm sogar Liqueur.
Hoffentlich bemerket dieses
Nicht der eitle Dirigeur.

Wir amüsieren uns darüber, halten so etwas für Travestie. Aber das war's nicht. Es könnte gar nicht so unbekümmert »fließen«, wenn solche Vierzeiler künstlich, also bewußt karikierend oder witzig konstruiert worden wären. Da ist der erste Kontakt mit der Musik von Richard Strauss. Julchen findet das scheußlich, sie meint:

Schön klingt mir des Pumas Schreien,
Milde ist der Schnarch vom Gnu.
Doch bei diesem Richard Strausse
Halt' ich mir die Ohren zu.

Der Gipfel solch dichterischen Wähnens scheint mir aber der folgende Vierzeiler über Mozart zu sein:

Mozart ist ein Wunderkönig,
Fürst der Fürsten vom Olymphe.
Und geliebt hat er nicht wenig...
Von der Hausfrau bis zur Nymphe.

Besser konnte es auch die Kempner nicht. Der »welfische Schwan« darf dem »schlesischen« getrost die Hand reichen. Das »schmucke Julchen«, für das sich der Münchhausen in Ballenstedt am Harz, wo man sich bei der Kur traf, »mehr als erwärmte«, genierte sich nicht, seine intimsten Gefühle niederzuschreiben. Einmal befand sie:

Oh, wie lieblich ist der Mai,
Keuscher als April.
Schließlich ist es einerlei,
Wann man kann und will.

Basta! Dichter, Offiziersanwärter, Komponisten, gelegentlich auch einmal ein forscher Handwerker »mit Mumm, wo andere Blässe des Adels zeigen« . . . Julie hatte ein weites Herz, denn – so schrieb sie einmal: »Liebe ist nun mal ein Geschenk Gottes und seiner weisen Allmacht. Sie regiert uns und steigt in uns auf wie die Lust am Essen und Trinken. Wer wahrhaft speist, dünkt sich im siebenten Himmel, wo man auf Manna und Ambrosia schreitet. Wer wahrhaft liebt, der hat alle Himmel über sich und beherrscht jene Milchstraßen, auf denen die schönsten Gedanken einherwandern.« So ist es uns verständlich, wenn Julie folgenden Vierzeiler geprägt hat:

Wenn ich liebe, seh' ich Sterne;
Ist's getan, seh' ich den Mond.
Ach, es war nur die Laterne! –
Trotzdem hat es sich gelohnt.

Wir wissen, daß Julie Schrader eigentlich nur eine – sagen wir – Pseudo-Bildung genossen hatte. Autodidaktisch hatte sie sich angeeignet, »was eine Person von Ausstrahlung zu Stand und Anstand in guter Bildung« braucht. Sie entwickelte auch einigen Scharfsinn, denn aus vielen Briefen geht hervor, daß sie doch fähig war, in Sachen Literatur zu unterscheiden. »Goethe«, schreibt sie einmal, »ist deshalb so volkstümlich, weil er Geist besaß, mit Geist das an sich Geistlose zu besingen. Nicht das Krachende und Schmetternde lebt in unserer Nachwelt fort, sondern das Kleine und Gediegene, welches man heute bei der bornierten Dichterschaft nicht mehr findet. Sie machen alles in Gold und Silber und sind so kalt wie Metalle. Oh, Dichter, besinnt Euch, denn alles Vergängliche – auch das Gold und Silber ist vergänglich! – sei nur ein Gleichnis.« Nun, an Goethe hatte Julie einen Narren gefressen. Sie kannte viele seiner Gedichte auswendig, sie zitierte ihn, wann immer sie in ihrer Reimerei über »Poesei« befand:

Sag', lieber Freund, Dir Goethes Verse auf,
Wenn Du mit Zagung an den Alltag denkst.
Ich sage Dir: Es wird Dein Gang zum Dauerlauf,
Wenn Du mit Wolfgang die Gefühle lenkst!

»Mit Wolfgang« hat sie ihre Gefühle gelenkt: rund fünfzig erhaltene Liebesbriefe der Schrader sind mit der Unterschrift »Dorothea« versehen; allerdings sind sie nicht alle an denselben »Hermann« gerichtet. Und bezeichnend scheint mir, daß sie später ihrem einzigen Sohn den Namen Hermann gab, obwohl dieser in ihrer ganzen Sippe ungebräuchlich war. Dem Sohne Hermann Niewerth hat sie auch vier Wiegenlieder gewidmet, bei deren Lektüre es uns so gar nicht in den Sinn kommen will, daß die Dichterin ansonsten so ungemein viel Zufalls-Komik produzierte. Man lese nur diese Zeilen:

Aus den Gesichtern der Rosen
Lacht freundlich es Dir zu.
Vom zarten Raunen und Kosen
Fällst Du in sanfte Ruh'.
Von Elfen und von Feen
Träumst Du, mein Herzchen, jetzt,
Fliegst über die Zauberseen,
Von Märchenluft ergetzt.

Julie Schrader glaubte in ihren jungen Jahren an eine heile Märchenwelt. Zwischen Himmel und Hölle, zwischen Gott und Satan, zwischen Freude und Leid siedelte sie ihre poetischen Programme an. Und alles ging starr nach der ihr anerzogenen Formel: Was die Lehrer gesagt haben, ist richtig, was fremde Leute sagen ist »sozialdemokratisch«. Und sozialdemokratisch ... das war gleichzusetzen mit katholisch. In ihrem Tagebuch schreibt sie: »In Bremen ist es famos, daß die Menschen so wenig katholisch und sozialdemokratisch sind. Man hört hier auf keinen Papst, diesen Liebknecht der Katholiken!«

1913 lernt sie bei ihrer Schwester Emma, die in dem Heidedorf Suderburg verheiratet ist, den jungen Ingenieurstudenten Hermann Niewerth kennen. Hals über Kopf verliebt sie sich in den Bauernjungen aus Oelerse (in der Nähe des Städtchens Peine gelegen). Hermann hat alles andere, nur kein Verständnis für das romantische Wesen Julchens. Es wird eine innige, aber verhängnisvolle Liebe. Hermann will zunächst die um Jahre ältere Julie nicht heiraten. Sie nennt sich fortan Dorothea und lebt ganz der Goetheschen Idylle. Ihre Liebesgedichte entschlüpfen ihr »täglich, manchmal stündlich«. Sie fragt auch nach dem Sinn ihres Daseins:

Ob ich von den Sternen komme?
Welcher Name müßt' es sein?
Sicher hat der Schöne keinen,
Denn sonst müßt' es meiner sein!

Als Vierzigjährige erwartet sie von Hermann ein Kind. Das »ewige Brautpaar« heiratet. Julie Schrader muß ihrer Umgebung entsagen. Sie zieht mit dem »trauten Geliebten« und dem Baby, das ebenfalls Hermann genannt wird, in das weit abgelegene »Nest« Oelerse, das sie als »furchterregende, ekelhafte Einöde« empfindet. »Erdrückend in der Primitivität, im Bösen und Dunklen.«

In dem Dörfchen spricht niemand mit der »Feinen«. Sie verkümmert. Mit der Dichterei ist es längst vorbei. Sie muß grobe Hofdienste tun, wird früh alt, verfällt ... geistig und körperlich.

1938 stirbt in Suderburg ihre Schwester Emma, die ebenfalls nicht in den Glückstopf des Lebens gegriffen hatte: »Der noch einzige Halt meines Lebens!«

Längst ist Julchens Liebe zu Hermann »unter der elenden Last des Alltags« erkaltet. Nach dem Tode der Schwester bricht noch einmal dichterische Kraft durch. Julie Schrader verfaßt das schwermütige, ahnungsvolle »Was zögerst Du?« – Sie zögert nicht. Sie setzt ihrem Leben ein Ende. Man findet sie ertrunken im Dorffluß.

Der Sohn fällt im Zweiten Weltkrieg. Der Mann überlebt sie um gut zehn Jahre.

Julie Schrader war meine Großtante. Sehr innig war ihr Verhältnis zu meiner Mutter, der später darum auch der gesamte Nachlaß übergeben wurde: Einige wenige Kostbarkeiten aus ihrer »Konsulszeit« und ein Bündel mit schwarzgebundenen Heften (die Tagebuchaufzeichnungen, die jüngst unter dem Titel ›Ich bin deine Pusteblume‹ im Piper Verlag erschienen), zwei Alben und Zeitungsausschnitte ... die Gedichte, besser: ein Teil der Gedichte.

Zu Lebzeiten der nächsten Angehörigen Julie Schraders war an eine Veröffentlichung nicht zu denken. Zuviel Intimes verbirgt sich in den Zeilen, was diesen oder jenen verletzt haben könnte.

Heute ist ein Veto nicht mehr zu erwarten.

Die folgende Auswahl bietet Heiteres und Ernstes aus dem Schaffen der Schrader. »Eines steht neben dem anderen«, wie es die »Dichterin« gewollt hat ...

Eines steht neben dem anderen.
Das ist sehr klug und muß wohl sein,
Denn stünden die Dinge der Welt nicht zusammen,
Es würde ein schreckliches Chaos sein!

Hamburg, November 1971 Berndt W. Wessling

Erste Abteilung

Kunst und Kunstgenossen

Zwanzig Miscellen über die Kunst

[Für Hermione-Thusnelda Müller-Habenicht, Erzieherin im Bremer Konsulshause D.]

Oh, Du lieber, ew'ger Goethe,
Dorothea liebt Dich still.
Pan auf seiner Silberflöte
Flötet, was die Liebe will.

*

Richard Wagner heißt der Meister,
Richard Wagner ist der Held.
Richard Wagner ist der Kleister,
Der die Kunst zusammenhält.

*

Felix Dahn, Du hängst im Rahmen,
Längst deckt Dich der Erde Grün.
Wenn auch and're Zeiten kamen,
Deine Sprüche nie verglüh'n!

*

So einer war auch er,
Der Felix Dahn!
Er ist nicht mehr,
Er ist vertan!

*

Mozart ist ein Wunderkönig,
Fürst der Fürsten vom Olymphe.
Und geliebt hat er nicht wenig...
Von der Hausfrau bis zur Nymphe.

*

Schöner Dichter August Platen,
Starbest in sizil'scher Ferne.
Deine unmoral'schen Taten . . .
Dennoch mag ich Dich sehr gerne.

*

Du hast von der Schönheit der Frauen
Nichts gewußt, mein Platen.
Nahmst lieber im Morgengrauen,
Was schon die Griechen taten.

*

Beethoven, oh, Ludwig van!
Hatte Gott dich auch verlassen . . .
Deine Lieder pfeifet man
In den Domen, auf den Straßen.

*

Köstliche Neunte Symphonie,
Oh, Chor der schmetternden Trompeten!
Oh, Urgebild der Phantasie . . .
Es kracht dein Klang aus allen Nähten!

*

Für mich hast Du kein Lied gesungen,
Du Mildetöner Louis Spohr.
Wie wäre mir das Herz zersprungen
Bei einer Gabe für mein Ohr!

*

Schön klingt mir des Pumas Schreien,
Milde ist der Schnarch vom Gnu.
Doch bei diesem Richard Strausse
Halt' ich mir die Ohren zu.

*

Wenn ich lind im Walzer schwebe
Und ein Kavalier mich führt,
Denke ich: Dies Tanzgewebe
Hat der Strauß mir komponiert.

*

Oh, wie schwoll mir da der Busen,
Oh, wie gab's dem Herzen Ruck . . .
Unverhüllet steh'n die Musen
Auf dem Bild des Herrn von Stuck!

*

Friedrich Schiller die Parole!
Friedrich Schiller das Panier!
Apfel liegt auf der Konsole . . .
Feuer frei! Man schieße mir!

*

Wenn ich die lust'ge Witwe wär',
Von Franz Lehár verpackt,
Dann sagte ich ihm: »Bitte sehr,
Nicht ganz so abgeschmackt!«

*

Leo Tolstoi, Deine Bände
Liegen dicht an meinem Bett.
Wenn ich abends sie nicht fände,
Wüßt' ich nicht, was sonst ich hätt'.

*

Alles Neue für die Orgel
Machet diabolisch Krach.
Ach, wie milde ist dagegen
Johann Sebastian Bach!

*

Wenn ich einst zur Ruh' mich lege,
Wenn am Ende alle Plage,
Singet mir am Schlafgehege
Der Aida süße Klage.

*

Trompeterklänge ziehen
Mir leise durchs Gemüt.
Wer weiß, was das Gebläse
Noch alles nach sich zieht!

*

Kunst, Du bist mein Seelenkönig,
Kunst, Du machst mich froh und munter.
Spür' ich Dich, auch nur ein wenig,
Läuft's mir heiß den Rücken runter!

Emilie Marlitt

Wer nie in seinem Bette
Emilie Marlitt las,
Wer nie die Sehnsuchtspfade
Der stolzen Frau durchmaß . . .
Der kennt euch nicht,
Ihr heißgeliebten Nächte!

Wer nie beim Schäferstündchen
Wie unsre Marlitt fühlt,
Wer nie beim tiefen Kusse
Die Baronesse spielt . . .
Der kennt euch nicht,
Ihr heißgeliebten Nächte!

Wer nie, wenn er alleine,
Wie die Emilie litt,
Wer nie vor dem Altare
Mit ihrem Segen schritt . . .
Der kennt euch nicht,
Ihr heißgeliebten Nächte!

Wer nie in Monte Carlo
Auf ihre Art verlor,
Wer nie wie sie gesungen
Das Lied des Louis Spohr . . .
Der kennt euch nicht,
Ihr heißgeliebten Nächte!

Wer nie in seiner Trauer
Emilie Marlitt liebt,
Wer nie die Last der Sünden
Auf ihre Schultern schiebt . . .
Der kennt euch nicht,
Ihr heißgeliebten Nächte!

Hermann Bang

Wie strömen Dir die Worte,
Wie zeugest Du Orkan,
Wie schwemmen Deine Porte
Die schönste Beute an!

Wie gießest Du in Adern
Das aufgepeitschte Blut,
Wie lässest Du das Hadern,
Wie bist Du ander'n gut!

Wie hast Du das Gewölle
Des harten Lebens satt,
Wie fliehest Du die Höhle,
Die keine Leuchten hat!

Wie lechzest Du nach Liebe,
Wenn sie auch anders ist,
Als für gewöhnlich Triebe.
Du bist kein Antichrist!

Du träumst von satten Weiden,
Von Schäfern, die darauf.
Poet, stoß' Deine Leiden
In schön're Welten auf!

Erzeug Dir tausend Himmel,
Erzeug Dir Deinen Gott.
Der alten Welt Gebimmel,
Erfüll' Dich nur mit Spott!

So ziehest Du, Komete,
Am Firmament entlang,
So lauscht die Welt der Flöte
Des Dichters Hermann Bang!

Leo Tolstoi

Du bist der russischste Russe,
Du bist der edelste Graf.
Aus Deines Wortes Flusse
Wächst schon Dein Epitaph.

Du bist der heldigste Helde,
Der sühnendste Sühner gar.
Du bist auf poetischem Felde
Die »Blume Wunderbar«.

Du bist der heiligste Beter,
Du bist die sündigste Sünd',
Ein charmanter Schwerenöter,
So rein als wie ein Kind.

Du hast die friedlose Erde
Erforscht ganz sonderbar.
Du bist das Stirb und Werde,
Wie nie zuvor es war.

Hermann Löns

Wenn Du durch die Heide wandelst,
wandeln Mädchenherzen mit.
Wenn Du durch die Kiefern schreitest,
hört man auch der Mädchen Schritt.

Wenn Du Deine Lieder flötest,
flöten Fink und Meis' am Strauch.
Wenn Du den Wacholder streichelst,
streicheln zarte Händchen auch.

Wenn Du einen Bock geschossen,
schießen Jägerherzen mit.
Hermann Löns ist nie alleine,
immer ist mit ihm »wer« mit.

Franz Schubert

Wie jung hast Deine Lieder Du
in dieser Welt gelassen!
Kannst Du in tiefer Grabesruh'
noch neue Klänge fassen?

Nein, nein! Auf ewig ist's vertan.
Franz Schubert lebet nimmer.
Jedoch von weiter Sternenbahn
blinkt seiner Seele Schimmer.

»Du bist die Ruh'«, »Dein ist mein Herz!«
Das ist's, was von ihm bleibet.
Der Winterreise kühler Schmerz
mir Angst ins Herze treibet.

Oh, unvollendetes Konzert,
oh, Symphonie, erlöse!!
Ich frag' mich, was Herr Strauss uns schert
mit seinem Klanggetöse.

Börries von Münchhausen

Münchhausen!
Mann wie ein Donnerschlag,
Dichter, der Lob du singest.
Ach, ich denke an den Tag,
Da du mich hold empfingest.

Münchhausen!
Mann wie ein Herostrat,
Sänger, du singest vom Leben.
Ach, welch eine schöne Tat,
Da ich mich dir ergeben.

Münchhausen!
Mann wie kein zweiter Mann,
Lieber, der zart du lenktest.
Ach, ich seh' das Bildnis an,
Das du einst mir schenktest.

Münchhausen!
Mann, der die Sehnsucht kennt,
Morpheus, laß' mich entschlafen.
Wenn mein Lebenslicht verbrennt,
Soll mich dein Herz bestrafen.

Zweite Abteilung

Liebesstürme

Miscellen über die Liebe

[Wiener Almanach, Januar 1903]

Die Liebe ist wie Bilsenkraut,
So treibend und so giftig.
Die Mitgift treibt noch selbst die Braut
Im Schleier äußerst triftig.

*

Ich liebe wie ein Wasserfall,
Der sich im Fluß zerstiebet.
Wer nie gefallen, weiß nicht mal,
Wie sich so richtig liebet.

*

Nach Deinem würzigen Kusse
Verlangt mein armer Mund.
Was anderen längst zum Verdrusse,
Das macht mich erst gesund.

*

Oh, lieb', so lang Du lieben kannst,
Denn einmal ist's verquer.
Wenn Deine Schuhe durchgetanzt . . .
Barfuß geht's nicht so sehr.

Der niedrige Docht

Warum bist Du mir ferne?
Ich wär' Dir gern so nah.
Den Docht in der Laterne
Ich nie so niedrig sah.

Mein Feuer ist verdorben,
Weil Du es nicht mehr speist.
Ich glaub', ich bin gestorben,
Zum Hades abgereist.

Wann willst Du neu mich wecken
Zum heit'ren Lebenstanz
Und meine Einfalt necken
Zu Geistes hehrem Glanz?

Wann willst Du still mich kosen,
Wann herzen mich mit Lust?
Bedenke: Auch die Rosen
Verblühen im August.

Ich weiß, daß mein November
Dir keine Freud' mehr brächt'.
Und ach . . . erst mein Dezember!
Welt, Welt, wie bist Du schlecht!

Juli . . . us!

Löst sich Klang von Deinen Sohlen,
Kommst Du durch den Flur daher,
Bin ich Dir schon anbefohlen,
Als ob ich Dein Schatten wär'.
Und dann spüre ich das »Muß«,
Du mein Juli . . .,
Du mein Juli . . .,
Mein göttlicher Julius!

Sitz' ich fern von Dir am Tische,
Zwischen uns ein ganzes Heer,
Eß' ich wenig nur vom Fische,
Denn ich mag das and're mehr.
Und dann spüre ich das »Muß«,
Du mein Juli . . .,
Du mein Juli . . .,
Mein göttlicher Julius!

Warst Du lange Zeit auf Reisen,
Seh' ich endlich wieder Dich,
Bin ich nahe am Entgleisen,
Denn ich lieb' Dich fürchterlich.
Und dann spüre ich das »Muß«,
Du mein Juli . . .,
Du mein Juli . . .,
Mein göttlicher Julius!

Einstens wird man mich begraben,
In die kalte Erde tun.
Dich, mein Lieb', gehabt zu haben,
Läßt mich sicherlich dann ruh'n.
Endlich ruht dann auch das »Muß«,
Du mein Juli . . .,
Du mein Juli . . .,
Mein heißgeliebter Julius!

Ben Hur in »As«

Selig sank ich auf die Tasten
Des Pianos wunderbar.
Und der alte, treue Kasten
Ahnte, was mir offenbar.

Ach, ich bin geliebt von einem!
Ja, es wirbt um mich Ben Hur!
Stolzer Ritter, Dir, sonst keinem,
Widme ich dies Herzens-Dur!

Meine Hände tönen Liebe,
Meine Finger spielen das –
Gipfel aller Hochgefühle –
Heißgeliebte, hohe As.

Jetzund lauf' ich Dir entgegen
über »g« und »d« und »c«.
Deine Augen, Deinen Segen
Fühle ich beim tiefen »b«.

Hörst Du, Schatz, die Melodeien,
Die Kadenz, die ich Dir spiel'?
Morgen willst Du um mich freien . . .
Welche Coda! Fast zuviel!

Kurzweil für Emil

Wie lieb' ich Dich,
Du guter Mann!
Du Pfahl in meinem Fleische!
Selbst noch im Tode,
Wenn ich kann,
Dein Bild ich mir erheische.

*

Lieb' Emil, zarter Bube!
Was stahlst Du mir hinfort?
In Mutters guter Stube!
Gibt's keinen and'ren Ort?

*

Emil! – Einer von den Besten!
Emil! – Flüstert selbst das All.
Emil! – Klingt's an allen Festen,
Als ob selbst ein Fest er sei!

*

Ja, nun weißt Du, liebe Seele,
Welcher Mann Dir Wunder tut!
Fliehe aus der Alltagshöhle
Und ergreife neuen Mut.
Sieh, der Drache ist getötet,
Er verdirbt auf Felsenhöh'n,
Weil ich still für Dich gebetet,
Als er Dir zu Leib' wollt geh'n.
Nimm' mich hin als Hauch der Winde,
Nimm' mich hin als Dein Gemüt.
Wende schnell Dich zu dem Kinde,
Das in Dir die Allmacht sieht.

Seelen

Kommt in stiller Abendstunde
eine Wohlgestalt zu mir,
flüstert: »Laß mit Dir im Bunde
weilen mich ein Stündchen hier.
Laß' mich hier an Deiner Seite
leben, lieben, glücklich sein.
Sage mir, wie einst, auch heute:
Daß Dein Herz auf ewig mein!«

Dann kann ich nicht widerstreben
einem sehnsuchtsvollen Drang.
Jauchzend ruf ich: »Komm', mein Leben,
ach, wo weiltest Du so lang!
Komm' in dieser schönen Stunde,
Komm' an mein so krankes Herz.
Sieh', noch brennt die alte Wunde
und der bitt're Seelenschmerz.«

Und mit Balsam, wundersamen . . .
reichen Seelen sich die Hand.
Alte, ewig teure Namen
werden zärtlich hier genannt.
Ruft auch bald die Trennungsstunde:
»Seele, Du mußt wieder geh'n!«
Jubelnd klingt's aus uns'rem Munde:
»Himmlisch war dies Wiederseh'n!«

August Meyer

August Meyer, bist du glücklich,
daß dich Minna hat geküßt?
Erstens ist das nicht sehr schicklich,
zweitens hast du schon gebüßt.
Denn es blieben dir die Reize
einer andren Frau versteckt.
Minna, voll vom Liebesgeize
hat dir Neuland nicht entdeckt!
Warum in die Ferne schweifen?
Jene andre ist dir nah.
Warum nach den Sternen greifen?
Wenn der schönste Stern dich sah?
August Meyer, ach, besinn' dich,
habe Mut, zeig' ich dir Flirt.
August Meyer, gehe in dich,
sonst hat Minna dich bekehrt!

Augusts Ruh'

Er hat mich so gesehen,
wie mich der Herrgott schuf.
Es nützte nicht das Flehen,
der jammervolle Ruf.

Er hat mich so gesehen,
wie niemand mich geseh'n.
Nun ist es augenblicklich
um seine Ruh' gescheh'n.

Er kniete vor mir nieder
und schluchzte: »Gute Nacht!«
Dann ist er still gegangen . . .
und ich habe gewacht.

Augustus

Du bist kein Imperator
auf hohem Postament.
Kein Lorbeer schmückt dein Haupte,
weil keine Seel' dich kennt.

Und doch kennt eine Seele
dich besser als man glaubt.
Sie setzt den Liebeslorbeer
dir plötzlich auf das Haupt.

Sei mir gegrüßt Augustus!
Ich knie vor dir hin . . .
und küsse dir die Füße
wie eine Königin.

Erheb' mich aus dem Staube
und schenke mir dein Herz.
So will ich alles küssen,
ob vorn, ob hinterwärts.

Augusts Ei

Als die ersten Knospen sprossen,
dämmerte der Ostertag.
Ach, ich habe es genossen,
daß man Frühlingsmilde pflag.

Ich erschien auf jener Wiese,
die mich öfter schon geseh'n.
Wonnen, Wunder, Paradiese
müssen vor dem Bild vergeh'n.

Neben der Rhabarberstaude
fand ich dann das Osterei.
Das Gezweig der Reineclaude
flüstert', daß's Columbi sei.

Doch ich ahnt' es stantepede:
Von Columbus stammt' das Ei
niemals! – Davon keine Rede . . .
Nein, ein andrer trug's herbei.

August war's, der holde Knabe,
der es mir gelegt ins Gras.
Danke für die holde Gabe!
Lieber Freund, was soll denn das?

Mein Veilchen

Das kleine blaue Veilchen
Kennet mein ganzes Herz.
Hab' ihm von aller Freude
Erzählt, von allem Schmerz.

Das kleine blaue Veilchen
Weiß es ja sehr genau,
Weshalb ich immer weine,
So oft ich es erschau.

Das kleine blaue Veilchen
Erfaßt's in seinem Sinn,
Warum ich in der Liebe
So knapp bei Kasse bin.

Die Liebe als solche . . .
oder: Amor redivivus

[»Dem Herrn Offizier A. M. zu Lüneburg, welchem meine Neigung für ein gutes Quartal galt, sich aber im Ganzen nicht bezahlt machte . . .«, Anno 1907]

»Miscellen zu vier Füßen«

Ach, Du brachst in Deinem Zimmer
Arg mit Deiner Kühne durch!
Niemals, lieber Freund, Du Schlimmer,
Löscht sich aus dies Lüneburg!

*

Warum hast Du meinen Puls gefühlt?
Erschien ich krank in Deinen Armen?
Ich weiß, wenn Du Onkel Doktor spielst,
Dann ist es Zeit, mich selbst zu warnen!

*

Oh Espenlaub! Wie läppisch ist Dein leises Zittern,
Wenn jemand Deinen schwachen Stamm bewegt!
In meinem Inner'n rüttelt es an tausend Gittern,
Wenn über mich der Liebesorkan fegt . . .

*

Du hast auf meinem Busen still gebetet
Und mir mit Heiligkeit ins Aug' geblickt . . .
Dann war Dein ganzes Antlitz wüst gerötet
Und das Plümoh war wie von einer Schlacht zerstückt.

*

Was ist die Liebe, wenn das Herz verbrennt,
Weil sich das Schönste, was man hat, verzehret . . .!
Was gilt die Frau, die nach dem Manne rennt
Und dabei heiligste Moral verkehret!

*

Oh, wär' ich eine Säule nur von Stein,
Erstarrt, von meinen Feinden bös' verflucht!
Erlöst wär' ich von aller Liebespein
Und höchstens ab und an von einem Hund besucht!

*

Madame Pompadour, sie war so schön figürlich,
so daß der große König sie geliebt.
Ist man von Adel, darf man das natürlich;
Auch ohne, daß dafür einen Tadel gibt.

*

Wenn ich liebe, seh' ich Sterne;
Ist's getan, seh' ich den Mond.
Ach, es war nur die Laterne! –
Trotzdem hat es sich gelohnt.

*

Dein Mund ist wie ein Strauß Narzissen,
Dein Atem ist ein Zephir mild!
Du bist der Schlag, der mein Gewissen
Hervorkehrt wie ein Spiegelbild.

*

Du flüsterst mir Musik ins Ohr,
Befreiest mich von Nöten.
Jetzt schweig! Sonst stört der Jubelchor
Die Andacht mir beim Beten.

*

Oh, sprich von Liebe, wenn die Rosen
Erblühet sind zu voller Pracht!
Oh, sprich von Liebe auch beim Kosen,
Wenn unter Dir der Ätna kracht!

*

Du bist mein König im Purpur,
So nimm mich unter Deinen Mantel . . .
Und stichel mir ein wenig nur,
Als wär's ein Lächeln der Tarantel.

*

Es müßten alle Dichter für Dich dichten,
Es müßte jeder Sänger für Dich schrei'n,
Es müßte jeder Richter für Dich richten,
Es müßte jeder Gott Dein Diener sein.

*

Laß' heut' die Liebe, Freund, beiseite
Und rüste Dich auf einen neuen Tag.
Sonst ruft der Kuckuck bald zur Pleite
Und treibt Dich aus dem Rosenhaag.

*

Sag', lieber Freund, Dir Goethes Verse auf,
Wenn Du mit Zagung an den Alltag denkst.
Ich sage Dir: Es wird Dein Gang zum Dauerlauf,
Wenn Du mit Wolfgang die Gefühle lenkst!

*

Ich habe geliebt und bin Dir gut
Und denk' an Dich ein Weilchen.
Ach ja, die Liebe Wunder tut,
Hat man das rechte Teilchen.

*

Ich liebe Deine Majestät,
Den Bart, wie oftmals zwackt er!
Nur Deine Pekunietät
Zeugt nicht von »bon« Charakter!

*

Wie wohl Odalisken küssen . . .,
Wie sie wohl dem Manne dienen.
Solches wünschte ich zu wissen,
Um mich manchem zu erkühnen.

*

Verlassen hast Du mich am Abend . . .!
Wie soll mir nun der Morgen blüh'n?
Erquickend bist Du und so labend,
Wie Winde, die vorüberzieh'n.

*

Ich war ein Engel, Du mein Traum!
Und schwebte über Deinem Haupte.
Jetzt häng' ich längst im Tannenbaum
Und bin wie Wachs, die Vollgestaubte.

*

Oh, mein Leander, Hero ruft,
Drum nah' Dich ihr mit kühnen Sprüngen.
Mich schmerzt die abgrundtiefe Kluft:
Ich will mit Dir Duette singen!

*

Vergißmeinnicht, wenn Dich das laute Leben
Erneut in seine Kreise zieht.
Vergißmeinnicht, dann wird Dich heben
Gott Amor . . . wenn die Gosse blüht.

*

Ich trage ein Kleid mit Plissée.
Es tut mich zwar herrlich gestalten.
Was nützt es! Ich trage ein Weh
In hundert gepletteten Falten.

*

Heil'ge Nacht, Du sankest nieder . . .
Und Du gabst mir Schlummer Stund' um Stund'.
Jetzt erfrischt Euch, schnöde, müde Glieder,
Denn um elf Uhr wird es kunterbunt.

*

Er, der herrlichste von allen,
Steht am Abend wieder vor der Tür.
Ach, wie tut er mir gefallen,
Liebt er mich auch wen'ger als das Bier.

*

Ob je die hohe Frau von Orleans geliebt,
Die Heilige, die Rettung brachte ihrem Lande?
Ihr Frauen, Mägde, wo's von Kriegerhorden stiebt,
Laßt Eure Eignung besser außer Stande.

*

Sauer ist das Leben ohne Liebe,
Sauer ist das Leben ohne Glück.
Die Gelegenheit macht öfters Diebe . . .
Später trauert man ihr dann zurück.

*

Mooses Polster, zarte Liegepfühle,
Ihr gebt mir das schönste Bett von allen.
Ach, es wachen auf in mir Gefühle,
Wenn die Zapfen von den Bäumen fallen.

*

Ich trage, wo ich gehe,
Stets eine Uhr bei mir . . .
Sie tickt von Kopf bis Zehe
Und schlägt, bist Du bei mir.

*

Es klingt ein Lied durch die Welten,
Es klingt ein Lied durch die Seel'.
Es tröstet die schrecklich Gequälten,
Doch leitet's bisweilen auch fehl.

[Gemeint ist »das hohe Lied der Liebe«]

*

Ich schachere nicht mit dem, was mir Gott verliehen,
Ich achte mit Argus auf meines Körpers Heil.
Noch nie ward Mißachtung der Tugend von Gott verziehen,
Selbst dann nicht, ging es um den kleinsten Teil!

*

Ambrosia . . . sind, Amor, Deine Spiele . . .
Und Nektar, Amor, ist Dein Trank!
Du richtest sorgsam Deinen Pfeil auf Ziele.
Hinein ins Schwarze! Habe Dank!

*

Der Wilde Jäger reitet übers Land,
Frau Fricka ist auf einen Stier gebunden.
Mir ist die alte Sage wohlbekannt.
Den Grund ..., ihn hab' ich leider nicht gefunden!

*

Mein Bräutigamm, komm', wenn die Sterne blühen,
Und zeig' mir dann das Fell vom großen Bär'.
Wir wollen im Ophiochus verglühen...
Doch brennst Du weiter...: bitte sehr!

Der Greifende

[Gedicht auf den Komponisten Paul Lincke]

Du greifst der Harfen Akkorde,
Du greifst der Mädchen Panier,
Du greifst die Orchesterhorde...
Wann greifst Du endlich nach mir?

Du zupfst auf der Violine,
Du zupfst das Stäubchen vom Frac,
Du zupfst mit der heitersten Miene
Die Schönen gar im Genack.

Du lenkst mit dem Zauberstabe
Den Fluß Deiner Melodein.
Ach, lenke, mein Freund, denn ich habe
Die Lust, Dir ein Taktstrich zu sein.

Du schreibst so gediegene Lieder,
Auch Walzer und Märsche an Zahl...
Oh, schreibe nur immer wieder
Das Schönste zu meiner Qual!

Dann spiel' ich die heil'gen Sonaten
Still für mich hin am Klavier.
Wie lohnst Du mir, Freund, solche Taten?
Ei, ei! Das verschweigst Du mir!!

Harfenklänge

Es lag des Ostertages Zauber
Schon morgens still auf dem Plümoh,
Als ich nach langer Nacht erwachte.
Welch Fest! In dulci jubilo!

Es trieb sich was in meine Glieder,
Es lichteten sich Aug' und Ohr.
Ich sprang von meinem weißen Linnen
Und sang mir selbst ein Liedchen vor.

Wie frisch ist uns're alte Erde,
Wenn sie berührt vom Osterlicht...!
Ach, tunkt sich's gut im feuchten Nasse!
Wie wohl das ist! Du glaubst es nicht!

Kaum netzt' ich meine ros'gen Wangen,
Als ich vom unteren Gemach'
Viel tausend heit're Klänge hörte:
Welch eine Ode an den Tag!

Das ist der Meister am Klaviere,
Ihm fließt die Musik ungehemmt.
Nur schnell ins Kleid ... und auch die Schuhe.
Mein Gott, warum das Mieder klemmt!?

Ich überrasch' den Geist der Geister
Mit österlichem Angebind'.
Er sieht mir keusch in meine Augen:
Er sinkt dahin, das Musenkind!

Ich knie vor ihm, stumm erschrocken,
Und lausche seinem Harfenklang.
Oh, stille Stunde, Osterfeier,
Wie schön sind Liebe und Gesang!

Der Irrtum

Herein trat neckisch er vom Flur.
In seinem Herzen gärte Fieber.
Er sprach: »Ein kleines Küßchen nur!«
– Du hattest Dich geirrt, mein Lieber!

Als Du Dich kühn dem Nacken beugt'st,
Um Dich mit Lust hineinzugraben,
Da hattest Du, eh' Du entfleugt'st
An einem harten Streich zu tragen.

Das ist, wenn man genau nicht weiß,
Als wenn im Faß geklümpt die Butter.
So zahlt der Flücht'ge seinen Preis,
Wenn er vertauschet Maid und Mutter.

Nichts frommt dem ehr'gen Manne hold,
Als wenn er die Geliebte kennet.
Denn was man wahrhaft kennt, ist Gold,
Nicht heißer Stahl, der Dich verbrennet!

Der weiße Handschuh

Es war in einem Aufschwung der Gefühle,
Daß mir der Eindruck von Verbot'nem kam.
Ich schlich hinaus auf uns're dunkle Diele;
Wie schlug das Herz so laut und wundersam!

Da hing der schwarze, pelzbesetzte Mantel,
Belegt von Seal nach mod'scher Kleiderart.
Oh Gott, mich sticht die Sucht wie die Tarantel,
Noch nie ward solches Tun mir offenbart.

Aus rechter Tasche hing im reinlichsten Glacée
Ein Handschuh raus. Und dieser war mein Ziel.
Ich dachte nicht an des Gewissens Wehe
Und labte mich an diesem Hochgefühl.

Halb zog's mich hin. Ich habe ihn genommen
Und zärtlich an mein armes Herz gedrückt.
Wie kann Dir, Kind, nur so ein Handschuh frommen!
Gott Amor weiß's, denn er macht uns verrückt.

Offiziers-Legende

Herr Offizier, Herr Offizier!
Im schmucken Parapete...
Was zielt sein Aug' so scharf nach mir
Wie blitzende Muskete?

Herr Offizier, Herr Offizier!
Mit Adler auf dem Pickel...
Verlangt sein Herz mit voller Gier
Von meinem Herz ein Stückel?

Herr Offizier, Herr Offizier!
Mit weißen Epauletten...
Ach ja, wie wär's, wenn Sie mit mir
Die Cour der Couren hätten?

Herr Offizier, Herr Offizier!
Nun reden Sie ein Wörtchen...
Sie wähnen voll mich von Genier
Und denken an ein Örtchen.

Herr Offizier, Herr Offizier!
Mit den betreßten Hosen...
Das Örtchen, es gefällt auch mir
Zum Herzen und zum Kosen.

Herr Offizier, Herr Offizier!
Mit blankgeputztem Säbel...
Frontalangriff sei sein Panier.
Das and're liegt im Nebel.

Herr Offizier, Herr Offizier!
Bläst man so schnell Retraite...?
Die Rose blüht, drum pflück' sie Dir,
Sonst gibt es eine Pleite.

Herr Offizier, Herr Offizier!
Mit schneidigen Kokarden...
Erstürm' den Fels der Liebe Dir
Wie einst die Langobarden.

Herr Offizier, Herr Offizier!
Der Fels wird weich wie Himmel.
Herr Offizier, Herr Offizier!
Signale zum Getümmel!!

[geschrieben am zweiten Ostertag 1907]

Etiquette

Es sank die Nacht. Der Kaiser wälzt
Sich ruhelos im Bette.
Er denkt an seine Kaiserin,
Die gern er bei sich hätte.

Doch liegen Fluchten zwischen ihm
Und ihr, die seine Holde.
Es reiht sich Raum an Prunkgemach
In kaiserlichem Golde.

Vor jeder Tür wacht ein Herold
Als Hüter SEINES Schlummers;
Doch keiner gegenwärtig ist
Der Ursach' SEINES Kummers.

Wenn er nun ungemeldet käm',
Sich plötzlich zu IHR neigte...?
Ein Kavalier von blau'stem Blut,
Der IHR ein Ständchen geigte?

Der Kaiser denkt. Und ruhelos
Wälzt er sich auf dem Linnen.
»Nein!« sagt er, »Pflichten binden mich,
Ich kann jetzt nicht von hinnen!«

Da öffnet plötzlich sich die Tür' ...
Ist es ein Geist, der dorten
In hell'ster Klarheit Schritt um Schritt
Verläßt die Supraporten??

Oh, nein, mein Freund, die Kais'rin ist's,
Die heimgesucht von Ahnung.
Sie fühlt' die Qual des Eh'gemahls
Und seine Herzensmahnung.

Er kann nicht zu ihr. So kommt SIE.
Es merkt' kein Hellebarde;
Denn längst vorbei ist Mitternacht...
Da ruhet auch die Garde.

»Oh, mein Gemahl!« seufzt es mit Jauchzen.
»Oh, mein Gemahl! Mein ew'ges Du!...«
Da, wo sich Herz und Herzen finden,
Hat selbst die Etiquette Ruh'!

[geschrieben 1910]

Eifersüchteleien . . .

Wer sticht ihr endlich in die Augen,
Damit sie ihn nicht mehr besieht?
Wozu kann dieses Fräulein taugen,
Dem nie in Liebe was geschieht?

*

Oh, ihr Männer, ihr Verachter!
Nie seht ihr das wahre Glück!
Vor den Augen nur Gejachter!
Dann Retreigte Stück um Stück!

*

Frauen, die zur Liebe taugen,
Schnüren sich genant den Leib!
Dieses Biest, es macht ihm Augen,
Als wär' Er ein Zeitvertreib!

*

Gott Amor, schick' der Ziege Hagel,
Die Pest und Räude in das Haus,
Und zeig' mir ihres Sarges Nagel,
Sonst geht mir keine Luft mehr aus!

*

Wie es sie nach IHM gelüstet,
Wie sie in den Spiegel gafft!
Gott sei Dank, sie ist verwüstet,
Corpus ist bei ihr erschlafft!

*

Falsch singt sie, wie ich mich freue!
Haßerfüllt starrt er auf sie.
Das ist keine Art von Treue . . .
Ja, es fehlt an Harmonie.

*

Sie übt auf Contretanz im Stillen
Und geht dahin wie eine Magd.
Die Füße sind ihr nicht zu Willen.
Ob ER sich wohl darob beklagt?

*

Gestern kamen keine Blumen...
Heute nur ein kleiner Brief!
Sie hockt grämig bei den Muhmen,
Weil sie lang' alleine schlief.

*

Jetzt übt sie sich in Migräne,
Weil er sie im Stiche ließ.
Schieß' heraus, Du Freudesträne!
Ach, wie geht's der Jungfer mies!

*

Balze nur in deiner Kammer,
Altes, klapp'riges Gestell!
Geifere in deinem Jammer,
Du verödete Mamsell!

*

Triumph, mein Gott, ich hab' gesiegt!
Gott Amor selbst liegt mir zu Füßen!
Die and're hat den Stoß gekriegt,
Um mir das Leben zu versüßen!

Frühlingslied

Nun hat der Frühling zugeschlagen
Mit seinem Drang und seinem Grün.
Wie kann das Wunder ich ertragen,
Da Gall und Gär' dem Herz entfliehn?

Wie gleiche ich dem Frühlingsbilde,
Das sich in munt'ren Rahmen zwängt!
Mich treibt ein Keusch und sanfte Milde,
Das Übliche ist abgehängt.

Oh, Zierde solcher Jugendblüten,
Wie treibet Dich die Sonne auf!
Und im Gefängnis klebt man Tüten:
Das ist des Schicksals harter Lauf!

[geschrieben 1919]

Ich sah ein Mündlein feine

[Für Elsbeth S., der es passierte!]

Ich sah ein Mündlein feine,
Das lächelt' ganz alleine
Und ward noch nicht geküßt.

Hüt' Dich, Du feines Mündlein,
Denn balde naht das Stündlein,
Wo Dich das Leben grüßt!

Dann sei nur ja auf Hute,
Denn dieses, meine Gute,
Ist nicht das ganze Glück.

Es ließ schon mancher Ritter
Im stürmischen Gewitter
Den Donnerschlag zurück.

(Und das ist bitter, bitter!)

Der Griff der Gier

Ach, es frißt die böse Gier
Mir vom Zehe bis zum Busen.
Und sie wird sich für und für
Auch in meinen Geist rein schmusen.

Flieh' mich, Gier, Du bist vom Bösen!
Weiche, Teufel, meiner Brust!
Denn du liebst die Skandaleusen
Und erzeugest ihre Lust.

Nein, ich will der Reinheit pflegen,
Waschen mich in Gottes Huld.
Denn so werd' ich dieserwegen
Von der Gnade eingelullt.

Bin ich dann so voller Milde,
Denk' ich an dich, böse Gier...
Wie du greifst nach meinem Bilde,
Aber leider nicht nach mir.

Bei Sagebiel

Wenn im Lenz die Lüfte flirren
Und Aurora aufersteht,
Wenn die ersten Täubchen girren,
Weil es hier um Liebe geht,
Wenn des Hofhahns Krähen wieder
Sommerliche Laute wirkt,
Wenn betäubt Du bist vom Flieder,
Wenn es knospet, grünt und birkt:
Dann verlange ich nicht viel.
Nur ein Stündchen Plausch mit einem ...
Einen Schwatz bei Sagebiel,
Nur mit Dir! Ansonst mit keinem!

Wenn des Sommers Treiben heftig
Sich auf Dein Gemüte legt,
Wenn der Landmann sehr geschäftig
Vor dem Drusch die Tennen fegt,
Wenn von Deinem Körper runter
Hitzesfeuchte unschön rinnt,
Wenn das Spinnlein abends munter
Silbern ihr Gebäude spinnt:
Dann verlange ich nicht viel.
Nur ein Stündchen Plausch mit einem ...
Einen Schwatz bei Sagebiel,
Nur mit Dir! Ansonst mit keinem!

Wenn der Herbstwind über Grüfte
Heulend wie bei Orkus weht,
Wenn erlahmt Dir Fuß und Hüfte,
Weil man viele Wege geht,
Wenn die Liebe nicht mehr mundet,
Weil des Lebensmai dahin,
Wenn Dich Einsamkeit verwundet,

Hast Du eines nur im Sinn:
Dann verlangest Du nicht viel.
Nur ein Stündchen Plausch mit einem...
Einen Schwatz bei Sagebiel.
Nur mit ihm! Ansonst mit keinem!

Schüttet dann der Winter Fuder
Schnee und Hagel vor uns aus,
Denkst Du: Sommer, warmer Bruder,
Ziehe wieder in mein Haus.
Doch Dich meiden die Gestalten,
Die Du einstens hast begrüßt.
Und Du denkst an jenes Walten,
Das die Jugend Dir versüßt.
Dann verlangest Du nicht viel.
Nur ein Stündchen Plausch mit einem...
Einen Schwatz bei Sagebiel,
Nur mit ihm! Ansonst mit keinem!

Dritte Abteilung

Die Familie

Familiäres

[Über ein Kleid ihrer Schwester Emma:]

Ach, wie ist das Kleid entzückend!
Mancher Blick auf diesem weilt.
Wenn Du nach dem Ball Dich bückend...
Wie es hinten zwie sich teilt!

*

[Nach der Geburt ihrer Nichte Anni:]

Wie ist das Kind so mild und schier,
So lieblich und so heiter!
Mein lieber Gott, ich danke Dir!
Mach's nur mit ihr so weiter!

*

[Über den Bart des Cousins Siegismund Drießelmann:]

Dieser Bart ist wirklich herrlich,
Majestätisch anzuseh'n.
Unten wird er etwas spärlich,
Weil dort wenig Haare steh'n.
Selbst der Kaiser müßt' erbleichen,
Säh' er einen solchen Bart.
Jede Jungfrau muß erweichen,
Wird ihr dito offenbart.

Karl

Karl ist jetzt schon eine Weile
unter feineren Mussjöhs.
In Hannover-Linden macht er
hochmoderne Gummipneus.

Diese tut man unter Wagen,
Welche Mobiles genannt.
Karl, was soll ich dazu sagen?
Gummi ist doch nicht genant?

Ist das wirklich eine Ehre,
dieses Amt mit Gummipneus?
Welches ist des Geistes Lehre,
die Du schaffst aus dem Erlös?

Karl, was suchst Du die Moderne,
bleibe lieber bäuerlich.
Auch die Heimat kennt ein Gerne,
wenn auch etwas säuerlich.

Kehr' zurück und denk' an Mienchen,
die sich wirklich nach Dir sehnt.
Dieses treue, fleiß'ge Bienchen
hat sich Wochen schon gegrämt.

Schleife hin sie zum Altare.
Das ist doch die beste Wahl.
Gummipneus sind keine Ware,
Morgen schreib' ich noch einmal.

Dora

Dora hat ein schweres Leben,
seid ihr Wilhelm wenig treu.
So ist es einmal im Leben:
Hier der Weizen, dort die Spreu.

Dabei war sie eine Schönheit,
als er damals sich erklärt.
Leider hat des Körpers Dehnheit
längstens dieses umgekehrt.

Wilhelm blickt nach and'ren Frauen,
Dora sitzt zu Haus allein.
Tät' sie nach der Linie schauen,
würd' das gar nicht nötig sein.

Alwine

Nicht, daß ich sie gar nicht möchte,
wenn sie mich auch kujoniert.
Aber ihre Wortgeflechte
haben doch mich int'ressiert.

Sie ist von gewiegtem Stande
und hat einen Schwanenhals.
Solches trifft man hierzulande
nur beim Adel bestenfalls.

Wie sie mit den Augen schweifet
und den Cul beiseite schiebt,
bis ein Edler nach ihr greifet,
was ihr g'rade so beliebt.

Einmal wünscht' ich Contenance
wie Alwine solche hat.
Ach, wie sie beim Kontertanze
mit den weißen Stiefeln trat!

Wie sie am Piano dichtet
wundersame Melodein
und des Rockes Säume lichtet...
Ja, ich möcht' Alwine sein!

Haustiere

Muschi sitzt an dem Kamine,
Schnurret voll Behaglichkeit.
An dem Fenster summt die Biene,
Weiß nichts von Gemütlichkeit.

*

Ach, was wird das Entlein fühlen,
Wenn der Ganter sich ihr naht.
Wird es wirklich mit ihm spielen...
Oder kämpft es um Salat?

*

Fischlein, Fischlein im Bassänge,
Hast du keine Luft im Hals?
Mit dir fühle ich die Enge,
Die Beklemmung jedenfalls.

*

Kleines Spinnlein, Häkelmännchen,
Rankelst über meinem Tisch.
Bitte, meid' das Kaffeekännchen,
Sonst erdrücket dich mein Wisch.

Vierte Abteilung

Geistliches

Louis Harms

Harms, Du bist der größte Louis,
Der auf Gottes Welt gelebt.
Deinen Feinden sag' ich »Pfui!«
Und wenn selbst die Erde bebt.

Thesen

95 Thesen schlugst Du an.
Neulich hab' ich sie gelesen.
Und ich denke dann und wann:
40 wären auch genug gewesen.

Schleiermacher

Schleiermacher, das Gotteskind!
Lebte Gott in allen Taten.
Wer wie Schleiermacher sinnt,
Kann in keiner Hölle braten!

Der Papst

Der Papst ist nicht von Gott gewollt,
Ist ein Geschöpf der Welt-Cour.
Er lebt auf Erden unverzollt
Und siehet auf das Geld nur.

Pius

Von Gott gesandt –
Und Pius muß er heißen!
Das ist blamant!
Der Name tut doch beißen!

Protest

Nie sagte einem Priester ich ins Ohr,
Was sich in meinem Busen kregelt!
Da sei selbst Martin Luther vor,
Der oftmals meine Tage regelt!

Oberlin

Der wahre Hirte eines Tales: Oberlin!
Er sprach von Gott und starb in ihm,
Als Sommersonne heiß ihm auf das Haupte schien
Und wieder er mit seinem Schöpfer sehr intim.

Deborah

Deborah paukte vor dem Heer,
Die heilige Johanna.
Drum schenkt' ihr Jachweh hinterher
'nen großen Korb voll Manna.

David

Wie oft sind Männer nur Vergeuder!
Dagegen David, dieser Held!
Wär' ich der Stein in seiner Schleuder:
Schlief' ich mit ihm im gleichen Zelt!

Der Täufer

Es kamen viele zu ihm hin
Und ließen sich dann taufen.
War einer nicht nach seinem Sinn,
Ließ er ihn flugs ersaufen.

Religion

Wenn einer nachts nicht beten kann
An Gottes Telephon,
Dann ist er ein verlor'ner Mann
Und ohne Religion.

Lilien

»Unter Lilien jener Freuden...«
Ach, welch jauchzender Gesang!
»Sollst Du, meine Seele, weiden...«
Links am Paradies entlang.

Himmel

»Vom Himmel hoch, da komm' ich her . . . !«
Oh, Luther, Glaubenskünder!
Und kämst Du auch woanders her . . .,
Ich glaubte Dir nicht minder!

Am Anfang

Am Anfang schuf Gott Himmel und Erde,
Die Käfer dann und die Ochsen und Pferde . . .
Und schließlich aus heil'gem Zeitvertreib
Am Freitagabend ein Stück vom Weib.

Hinaus!

Getan war die Sünde. Und Gabriel
Stand vor ihr mit schrecklicher Rute.
»Hinaus, alter Adam, spute Dich schnell!«
Ach, wie war der Eva zu Mute!
Verfluchte die Schlange, die ihr gesagt,
Erkenntnis im Apfel sie fände.
»Oh, Adam!« Sie ihrem Liebsten klagt:
»So nimm denn meine Hände . . . !«

Gebet

Mache, Herr, mich morgen glücklich,
Schenke mir, was ich begehr',
Und ich leih' Dir augenblicklich
Meine Stimme und Gehör.
Ja, ich will von Dir erzählen,
Lauschen, was Du ein mir gibst,
Und mich Dir zum Jünger wählen,
Wenn Du Gnade an mir übst.
Führe zu mir jenen Helden,
Der in meinem Herzen wohnt...
Gerne will ich Dir dann melden,
Wenn er mich nicht mehr verschont.

Melanchthon

Luther, stärke Dich mit Eifer,
Deine Freunde nahen schon!
An der Spitze kämpft mit Geifer
Philippus, Dein Melanchthon.

Teufel

Und wenn die Welt voll Teufel wär'
Und hundertvierzig Päpste,
Ein Luther schlüg' das ganze Heer...
Für die Gewißheit lebste.

Mission

Wir bringen den Schwarzen die Gnade,
Den Gelben das rechte Panier,
Wir ebnen den Roten die Pfade
Und lassen die Weißen beim Bier.

Gott ist dabei . . . !

Gott ist dabei,
Wenn Du Dein erstes Lächeln lächelst;
Gott ist dabei,
Wenn Du am Ende still verröchelst;
Gott ist dabei,
Wenn Du gesegnet wirst . . .
Gott ist dabei!

Gott ist dabei,
Wenn Dich die erste Liebe suchet;
Gott ist dabei,
Wenn Deine Zunge zankt und fluchet;
Gott ist dabei,
Wenn Du zum Sünder wirst . . .
Gott ist dabei!

Gott ist dabei,
Wenn Du den letzten Hafer mähest;
Gott ist dabei,
Wenn Deine fromme Frau Du schmähest;
Gott ist dabei,
Wenn Du zum Räuber wirst . . .
Gott ist dabei!

Gott ist dabei,
Wenn Du moralisch auf den Hund gekommen;
Gott ist dabei,
Hat Fiskus Dir das letzte Geld genommen;
Gott ist dabei,
Wenn Du zum Teufel gehst . . .
Gott ist dabei!

Der Schnüffler

Sei auf der Hut!
Gott schnüffelt auch in jene Ecken,
Die Du dem Nächsten oft versteckst.
Nichts nützen Dir die schönsten Decken,
Wenn unter ihnen Kehrricht wächst.

Sei auf der Hut!
Gott sieht auch Deine falschen Spiele,
Mit denen Du Dich selbst betrügst.
Er kontrolliert auch die Gefühle,
Mit denen Du Dich oft belügst.

Sei auf der Hut!
Gott sieht auch Deine Seidenstrümpfe,
Die schamlos Du zur Schau gestellt.
Gott richtet selbst die dicksten Sümpfe,
Gleich wie er richtet Hof und Feld.

Sei auf der Hut!
Gott hört auch Deine schlimmen Reden,
Mit denen Du dem Nachbar'n Schaden fügst.
Er schlichtet mit Gerechtigkeit die Fehden,
Doch straft er Dich, wenn Du so lügst.

Sei auf der Hut!
Gott sieht auf alle Deine Glieder
Und zählt am Abend sie, ob keines fehlt.
Er prüft den Herzschlag unterm Mieder,
Gleich wie er Deine Pulse zählt.

Sei auf der Hut!
Gott läßt nichts unbeachtet, nein!
Er spürt, wenn Du vor Sündenlust erbebst.
Du kommst zum Himmel nur herein,
Wenn Du ihm gleich zu werden strebst.

Hoheit

Mein Gott, streck' Deine Arme aus,
Nimm mich an Deine Hoheit!
Seit gestern füllet mich nur Graus,
Die Welt ist voller Rohheit.

Mein Gott, laß' Deine Winde geh'n,
Laß' kräftig sie mich schläfern!
Im Traume sollst Du bei mir steh'n,
Du Schäfer unter Schäfern!

Mein Gott, laß' Deine Augen ruh'n
Auf allen meinen Gliedern!
Du mußt mir jetzt was Gutes tun,
Ich dank' es Dir mit Liedern.

Fünfte Abteilung
Die Bayernfahrt 1905

Ode an König Max

[gedichtet »auf den Stufen des schönen Königstheaters zu München«]

Es prunket vor den Schloßportalen
In hehrer, broncener Gestalt
Der schönste Königssohn von allen,
Des'wegen man gen München wallt.

Ihn, den die Musen fleißig küßten,
Der tief sich in die Kunst gekniet,
Den jubelnd Künstlerherzen grüßten,
Ist längst in dunkler Gruft verblüht.

Oh, König Max, Du edler Bayer,
Der Du auf Preußen Galle spiest...!
Stets warst Du auch den Welfen teuer,
Wie man es manchesmal noch liest.

In Deinem Land von Milch und Honig
Spricht man aus echtem Herzensgrund –
Wie eine lebensvolle Chronik –
Den Namen Max aus einem Mund!

Dein edles Blut, die Denkerstirne,
Die Deine Ahnen Dir vermacht...
Es lag Dir Genius im Hirne
Zu schlagen manche Geistesschlacht.

Wie anmutsvoll das kleine Täubchen
Dir jetzt das Bronce-Knie bepickt!
Es sucht an Dir ein Weisheitsstäubchen,
Damit es künftig weiser blickt.

So ist es, Held, selbst die Naturen,
Die meistens in der Gosse sind...
Sie bringen Dir von ihren Fluren
Manch' wunderschönes Angebind'.

Oh, Magier von Bayerns Throne,
Seh' ich Dich einst in Ewigkeit,
Dann schenk' ich Dir, Monarch, zum Lohne
Das Schönste meiner Wenigkeit!

Dann nimm mich auf in Deinen Armen,
Mein edler Max, oh, König Du!
Und zeig' der Welfin Dein Erbarmen
Auf jenen Höhen ab und zu.

Bajuwarisches

Nun weile ich in Göttermauern,
Nun weile ich im Paradies!
Es greift mich an mit nackten Schauern...
Oh, Land der Bayern, bist Du süß!

*

Oh, Park, oh Nymphenburger Garten,
Oh, Du Gebiet, mit heit'rer Schlucht!
In Deinen Armen will ich warten,
Bis mich des Abends Schlummer sucht!

*

Portal des Schlosses, schleuß mich durch
Und zeige mir den Glanz von innen!
Wie ehern bist Du, durch und durch...
Dein Marmorfleisch bringt mich von Sinnen!

*

Der Raum, den stets allein man findet,
War ungepflegt und voll Odeur.
Ein solches Bild mir stets verkündet:
In diesem Hause lebt Malheur!

*

Wie sauber sind doch Bremens Straßen!
Wie sauber selbst das Hinterhaus.
Nein, gold'ne Schlösser schnell verblassen,
Läßt man den Scheuereimer aus.

*

Wieviele Menschen müssen werkeln,
Eh' solch ein Paradeis entsteht!
Die Meister mit den gold'nen Schnörkeln...
Von deren Antlitz Gnade weht!

*

Leicht sitzt des Münchners Herz auf Zunge,
Leicht ist der Beutel leer gezecht.
Das Bier, es fließt mit leichtem Schwunge,
Weil es nun einmal fließen möcht'.

*

Jedes Haus heißt hier Palazzo,
Weil ein Fürst in selbem wohnt.
Jedes Gasthaus hat Terrazzo,
Weil sich drum das Schrubben lohnt.

*

Der Bayern Krone ist das Maß der Dinge.
Juwelen schmücken sie in großer Zahl.
Ach, welches Herz an solchem Glanz nicht hinge!
Oh Eitelkeit, verflixt nochmal!

Lohengreihn

Oh, König Ludwig, Armer! Mein!
Sie machten Dich zuschanden!
Mein Fürst, mein holder Lohengreihn,
Selbst lösest Du die Banden.

In Wassers Fluten gingst Du ein,
Entzogest Dich den Feinden.
Mein Fürst, mein holder Lohengreihn,
Jetzt trauern die Gemeinden.

Oh, König Ludwig, Sternenschein!
Wo bist Du nur geblieben?
Mein Fürst, mein holder Lohengreihn,
Bist weit Du abgetrieben?

Man wollte Dir! Oh, wie gemein!
Doch ahntest Du die Tücken.
Mein Fürst, mein holder Lohengreihn,
Du ließest es nicht glücken.

Vielleicht bist Du zum holden Rhein,
Wo »jene« Töchter baden.
Mein Fürst, mein holder Lohengreihn,
Tu's nicht, es könnte schaden.

Doch kehrest Du in'n Himmel ein
Und bist nun gar ein Engel...
Mein Fürst, mein holder Lohengreihn:
Ich find' Dich ... trotz Gedrängel.

Ich knie' vor Deinem Heil'genschein
Und Du erhebst mich Reine.
Mein Fürst, mein holder Lohengreihn,
Ich, Elsa, bin die Deine!

Pharao

[»Vor dem mumifizierten Angesichte einer ägyptischen Majestät, Beherrscher des Nils, vorzeiten schändlich aus einer Pyramide geraubt . . .«]

Wer hat Dir das linke Ohr geraubt,
Die sterbliche Hülle durchbrochen?
Wer hat Deinem Fluche nicht geglaubt
Und ist in Dein Grab gekrochen?
Oh, Pharao!
Du großer Held!
Das schafft die Gier
Nach Gut und Geld!

Wer hat Deinen gold'nen Schmuck geklaut,
Den Ring Dir gelöset vom Finger?
Wer hat von dem Gold ein Haus gebaut
Und andere köstliche Dinger?
Oh, Pharao!
Du großer Held!
Das schafft die Gier
Nach Gut und Geld!

Als einst Du den Thron am Nil erklommst,
Zur Seite die stolze Gemahlin,
Da dachtest Du, daß Du auch noch bekommst
Die Tochter des Feind's als Vasallin.
Oh, Pharao!
Du großer Held!
Das schafft die Gier
Nach Gut und Geld!

Doch kam Dir die Gattin auf die Schlich',
Verriet Deine Pläne, die Schlaue.
Sie sagte: »Mein Herr, hier regiere ich!
Auf mich voller Liebe nur schaue!«
Oh, Pharao!
Du großer Held!
Das schafft die Gier
Nach Gut und Geld!

Du stießest Dein Eheweib vom Thron.
Sie hat drauf den Mörder gedungen.
Ein Schlag! – Und dann wußtest Du es schon,
Wie Englein im Himmel sungen.
Oh, Pharao!
Du großer Held!
Das schafft die Gier
Nach Gut und Geld!

Man tunkte Dich in Pech und Öle
Und wickelte Dich in Linnen.
Man ließ nicht ein Loch! Und Deine Seele
Konnte nun nicht mehr von hinnen.
Oh, Pharao!
Du großer Held!
Das schafft die Gier
Nach Gut und Geld!

Erst als der Räuber das Ohr geraubt,
Die sterbliche Hülle betrogen,
Da war dann die Seel', eh' man's geglaubt,
Flugs in den Himmel geflogen.
Oh, Pharao!
Du großer Held!
Das schafft die Seel'
Auch ohne Geld!

Königsluft

Wundersame Königsluft
Sticht mir in die Nase.
Körper ruhen in der Gruft,
Herzen in der Vase.

Feierlich im Hohen Dom
Liegt man hier bestattet,
Mit dem Segensspruch von Rom,
Selbst im Tod' begattet.

Links ruht eine Königin,
Rechts die Fürstenkinder.
Jetzund kommt mir in den Sinn:
Alle sind wir Sünder!

Unter Marmor das Gebein,
Ohne Luft und Rasen!
Nein, ich möcht' kein König sein:
Armes Herz in Vasen!

Wundersame Königsluft
Stach mir in die Nase.
Längst verlassen ist die Gruft.
Frische Lebensgase!!

Tilly

In der Feldherrnhalle steht er,
Fein gemacht in Positur...
Jener schlimme Schwedentöter,
Der von teuflischer Natur.

Marschall Tilly, kannst Du grade
Mir in meine Augen seh'n?
All Dein Glänzen ist Pomade.
Deine Sache. Bitte schön!

Deine Beine sind gebogen,
Eingefallen Deine Brust.
Wer ist solchem schon gewogen,
Welches Weib hat da noch Lust?

Nein, mit Tilly, sag' ich offen,
Machst Du, München, keinen Staat.
Rechts scheint er vom Feind getroffen...
Ob er Epilepzie hat?

Die Musen

Der Herr von Törring-Jettenbach
Hat viele Musen unterm Dach,
Vom alten Rom, von Griechenland,
Gar mancher Held ist mir bekannt.

Sie sind mit Lorbeer reich geziert,
Von Kopf bis Füßen schön poliert...
Und fehlen auch die Beine gar,
Die Männer sind doch wunderbar!

Wie herrlich ihre Lockenpracht,
Die bis zur Brust herunterkracht!
Wie edel selbst das Nasenbein,
Das muß von der Antike sein!

Die Muskeln propper aufgeschwemmt,
Sie stehen vor uns ohne Hemd.
Und wo sie zeigen, was man hat,
Da tragen sie ein Feigenblatt.

Der Herr von Törring-Jettenbach
Hat viele Musen unterm Dach.
Vom alten Rom, von Griechenland,
Gar mancher Held ist mir bekannt.

Sechste Abteilung

Von der schönen Natur

Seufzer einer Begonie

Du steiler, fetter Löwenzahn,
Was nimmst Du mir die Säfte?
Was habe ich Dir denn getan,
Du Räuber meiner Kräfte?

Bist du nicht auch von Gott gemacht
An einem schönen Tage?
Wer läßt dich sprießen so an Kraft,
Du ägyptische Plage!?

Was dringen Deine Wurzeln ein,
Umzingeln mir die Knollen?
Herr Löwenzahn, das ist gemein!
Und auch nicht Gottes Wollen!

Da drüben steht Franzosenkraut,
Das schrecklichste der Sorten.
Wenn's Ihnen davor g'rad nicht graut,
Dann wuchern Sie doch dorten!

Später Kohlrabi

Gestern warst Du noch so zierlich,
Locker saß die grüne Tolle.
Plötzlich wurdest Du figürlich...
Eine alte, dicke Knolle.

Ach, Dich hat ein Herbst befallen,
Holzig bist Du nun und spröde.
Ja, so geht es einmal allen...
Kommt der Herbst, dann wird es öde.

Niemand findet mehr Dich herrlich,
Möchte Dich in Scheiben schneiden...
Das Aroma wird nun spärlich,
Und Du magst Dich selbst nicht leiden.

Schließlich bist Du ganz geborsten,
Von der Wurzel bis nach oben.
Und beim herbstlichen Durchforsten
Kommst Du in den Schweinekoben.

Asparagus

Wenn im Mai bläst Pan die Flöte
Weil es Wonnemonat ist,
Schießt der Spargel auf vom Beete,
Das gedüngt mit Pferdemist.

Morgens kommen weiße Köpfe
Aus der grauen Erd' heraus.
Mittags schleichet schon aus Töpfe
Wundersamer Duft ums Haus.

Ach, welch eine schöne Gabe
Hast Du, Herr, uns da bestellt!
Wenn ich einen Spargel habe,
Habe ich die ganze Welt!

Der Schneck'

An der Pflaume klebt der Schneck':
»Naschest Du das Süße?...
Hurtig, laufe vor mir weg!
Hast ja keine Füße!«

Bist auch ohne Flügelchen
Und hast keinen Schnabel!
Kleines, dickes Kügelchen,
Ist das nicht blamabel?

An der Pflaume klebt der Schneck',
Sticht mit seiner Zunge
In die Pflaume, die vor Schreck
Schilt ihn: »Junge! Junge!«

Der Kürbis

In den Mist gesteckt,
Gar nicht dran gedacht.
Bis Dich Gott erweckt,
Der Dich rundlich macht.

Bist Du reif und prall,
Kommst Du fort vom Mist.
Man weiß überall,
Daß Du köstlich bist.

An der Tafel dann
Lobt man Dich im Chor.
Denkt nicht Frau, nicht Mann,
Daß Dich Mist erkor.

[1913]

Schelm Erdbeere

Kleiner Schelm, ich will Dich pflücken!
Deine Wangen locken mich!
Du sollst meinen Mund entzücken.
Warte nur, ich fresse Dich!

Ach, wo bist Du nur geblieben?
Eben sah ich Dich doch g'rad!
Schelmchen, was bist Du durchtrieben!
Schützt Dich nun ein grünes Blatt?

Warte nur, ich will mich bücken,
Kleiner roter, süßer Schatz!
Und dann werd' ich ab Dich zwicken...
Fort bist Du mit einem Schmatz!

Die Krähe

»Es sitzt die Kräh' im Erbsenfeld«,
Schreit Krischan laut, der Knecht.
»Die schöne Saat, sie kostet Geld!«
Und damit hat er recht.

Er nimmt die Flinte seines Herrn:
»Ich will den Vogel töten!«
Krischan! – Das sehe ich nicht gern!
Der Tod ist nicht vonnöten.

Ich werfe etwas Fallobst rasch...
Die Krähe steigt nach oben.
Sie dankt mit lautem »Hasch! Hasch! Hasch!«
... Und für die Erbsenproben.

Die Furche

Nichts ist ohne Gottes Wirken,
Nichts ist ohne Gottes Kraft.
Er ist es, der Eich' und Birken
Und die harten Buchen schafft.

Er ist es, der jährlich wieder
Wundersame Furchen wirft,
Der den Duft erzeugt im Flieder,
Aus dem man Romantik schlürft.

Er ist es, der in den Weizen
Abertausend Körnlein bringt.
Er läßt alle Hülsen spreitzen,
Bis die Saat zur Erde sinkt.

Er ist es, der die Kartoffeln
In der Erde runden läßt.
Mit der Allmacht Heilspantoffeln
Tritt er Saat und Dünger fest.

Nichts entgehet seinen Blicken,
Jeder Keim ist ihm bewußt.
Selbst an den Tomatensticken
Hat der Herrgott seine Lust.

Siebte Abteilung

Gesänge und Balladen

Deutsches Salz

Zuerst schuf Gott, der Hehre,
Auf seiner Erd' das Süße.
Es ging bei ihm in Lehre
Manch Englein zart von Füße.

Sie wurden bei ihm weise
Und hegten seine Pläne...
Und weinten oftmals leise
So manche süße Träne.

Damit man niemals trau're
Dem Ewig-Süßen nach,
Schuf er dann auch das Saure
An einem Wochentag.

Doch auch das Saure scheidet
Das Süße nicht im Grunde.
Was zwiefach ihm verleidet,
Wird' das Gebot der Stunde:

Er schuf das Salz der Erde,
Das Süß' und Saures trennt;
Gleich wie das Stirb und Werde,
Das jeder Dichter kennt.

Jetzt mengt sich allerorten –
In Deutschland jedenfalls –
Bei süß und sauren Sorten
Als Drittes deutsches Salz!

Kunos Verbrechen

[Für Arno Holz]

Mauer so dick,
Raum ohne Glück.
Raum ohne Licht;
Kenne mich nicht.

Schon vierzehn Jahr
Nicht mehr klar.
Essen im Pott,
Glaube an Gott.

Kuno, mein Herr,
Brachte mich her.
Übte mit Thus –
Nelda den Kuß.

Ach, welches Weh!
Gütige Fee
Kommt nicht zu mir
Verzage schier.

Kuno, mein Held!
Wo ist mein Geld,
Das ich geerbt?
Hölle Dich gerbt!

Oh, welch ein Fluch!
Blutig das Tuch.
Das ist Schwindsucht!
Ob mich Kind sucht?

Laß' mich hinaus
Aus diesem Haus!
Bin ganz marod',
Suche den Tod.

Kuno, ein Gott
Sieht Deinen Spott!
Werd' wieder fromm...
Und komm'!!

Gottes Leier

Ich schlage mir die Finger wund
An Gottes heil'ger Leier.
An jedem Tag wird's neu mir kund:
Mein Dichten ist ihm teuer!

Er gibt mir Vers um Verse ein,
Er läßt mich gütig reimen.
Zwar werd' ich nie wie Goethe sein,
Dennoch will Dichtung keimen.

Er zeigt mir: Was ist Harmonie?
Er sagt mir: Das ist jene
– Bei manchem Dichter wie noch nie
Fließende Dichterträne.

Er flüstert mir ins linke Ohr,
Bisweilen auch ins rechte:
»Mein Kind, da sei Dein Glaube vor,
Denn diese Sach' ist schlechte!«

Er zeiget mir, was gern er sieht,
Was rechte Gottesweise;
Und leise zieht durch mein Gemüt
Ein Loblied ihm zum Preise.

So schlag' ich mir die Finger wund
An Gottes heil'ger Leier.
An jedem Tag wird's neu mir kund:
Mein Dichten ist ihm teuer!

[1912]

Der Alte Fritz

Kaum ist es Tag. Der alte Fritz
Erhebt sich in den Sattelsitz
Und sagt zu seinen Leuten:
»Heut' reise ich nach Beuthen!«

Doch kaum ist er zum Tor hinaus,
Da hört er schon des Feindes Braus'.
»Kanonen und Kartetschen!«
Ruft er mit Zähnefletschen.

Er kehrt zurück zum Battaljon,
Das wartet auf den König schon.
Man brennt, damit es wärmt, den Torf
Kurz vor der Schlacht von Kunersdorf.

Der alte Fritz ist voller Pein.
Wo wird heute das Schlachtfeld sein?
Wie viele Treue liegen spät
Auf diesen Feldern hingemäht?

»Und bin ich selbst ein toter Mann«,
So hebt der Rex zu sprechen an...
»Dann bettet, bitte, mein Gebein
Gleich neben Euren eig'nen ein!«

Da ist manch' Kürassier entzückt.
Und voll Vertrau'n man vorwärts blickt.
So rückt man aus und wird recht bald
Von grimm'gen Feinden abgeknallt.

Doch König Fritz bleibt unversehrt,
Weil oft mit Christus er verkehrt.
Obwohl die meisten Freunde tot,
Singt er: »Nun danket alle Gott!«

Anna Asmus

Es ging die brave Bauersfrau,
Die für die Ihren kargte,
Mit einer vierhalb Zentnersau
Nach Lüneburg zum Markte.

Drei Stunden schritt sie schon dahin,
Tat fromme Lieder singen.
Nur eines hatte sie im Sinn:
»Was wird die Sau mir bringen?«

Sie dachte an den Eh'gemahl,
An ihre sieben Kinder.
»Wie sind sie alle blaß und fahl,
Die kleinen Engelsmünder!«

So ging sie hin ... und aus dem Wald,
Aus finsterem Gesträuchel,
Trat eine furchtbare Gestalt
Und drohte ihr mit Meuchel.

»Gib her die Sau, sonst bist Du tot!«
Schrie er mit lautem Schwalle.
Oh, Anna Asmus, welche Not!
Nun sitzt Du in der Falle!

Die Bauersfrau ist fahl und bleich,
Fromm faltet sie die Hände:
»Oh, lieber Herrgott, hilf sogleich,
Gib mir ein bess'res Ende!«

Inzwischen hat der Mörder schnell
Die Sau am Strick ergriffen.
Doch Anna Asmus hat ins Fell
Des Schweines arg gekniffen.

Dies' wälzt sich nun mit großem Schmerz
Auf jenes Meuchlers Füße.
Der kippt mit Eile hinterwärts,
Daß seine Tat er büße.

Es suhlt die Sau sich auf dem Mann,
Schon blutet seine Nase.
Sie stößt, so doll sie es man kann...
Nun leert sie aus die Blase.

Um Gnade fleht der arme Wicht,
Doch Anna Asmus betet.
Man störe ihre Kreise nicht.
»Fast hätt' er mich getötet!«

Da kommt auch schon die Polizei
Und führt ihn ab, den Bösen!
Sie nimmt die Sau, die wieder frei,
Um schnell sie einzulösen.

Fast zwanzig Taler gibt man ihr,
Daß Lohn die Mühsal fände.
Am Sonntag gibt sie nach Gebühr
Der Kirche eine Spende.

So hilft der Herr der Bauersfrau,
Die treulich ihm gedienet.
Hier Anna Asmus, dort die Sau,
Die sich durch Gott erkühnet.

[Nach einer in der Lüneburger Zeitung berichteten Begebenheit im Jahre 1914]

Prinz Eugen

Und als die Schlacht zu Ende war,
Da ritt er ein zu Pferde.
Man schrie »Vivat! Wie wunderbar!
Er ist der Fürst der Erde!«

Spät abends kehrt er heim ins Schloß,
Die Panzer läßt er fallen.
Längst schläft der ganze Kriegestroß,
Nur Eugen wacht von allen.

Der Held steht an der Spiegelwand,
Die Augen voll Gezuckel.
Er glüht und starret unverwandt
Auf seinen großen Buckel.

»Was gabst Du, Gott, mir soviel Kraft,
Zu schlagen soviel Krieger?
Warum bin ich in dieser Nacht
Nicht auch der Schönheit Sieger?«

So foltet sich der kühne Mann
In seinen Kemenaten.
Ja, auch im Stillen ab und an
Geht es um schlimme Taten.

An Auguste Viktoria

Schmerzgebeugt,
Hoch gezeugt,
Königsblut,
Immer Mut...
Kaiserin Viktoria!
Dir allein die Gloria!

Hilfsbereit,
Stets erfreut,
Weit und breit
Herzlichkeit...
Kaiserin Viktoria,
Dir allein die Gloria!

Schnell gebleicht,
Herz erweicht,
Still verneigt,
Augen feucht...
Kaiserin Viktoria,
Dir allein die Gloria!

Herz der Front,
Viel gekonnt,
Hoch gethront,
Nicht belohnt...
Kaiserin Viktoria,
Dir allein die Gloria!

Jetzt gefloh'n,
Weg der Thron,
Welch ein Lohn,
Nur noch Hohn . . .
Kaiserin Viktoria,
Fort ist alle Gloria!

[1920]

Geschichte

Von Geschehen zu Geschehen,
Von der Tat zur andren Tat,
Ohne Rasten, ohne Stehen,
Von der Wiege bis zum Grab.

Von der Schlacht bis zum Gemetzel,
Von der Wohltat bis zum Lohn,
Martin Luther und auch Tetzel,
Goethe, Schiller, Herloßsohn.

Von dem Kaiser bis zum Knechte,
Von der Kais'rin bis zur Dirn',
Auch die Linke und die Rechte,
Selbst das Stroh und selbst das Hirn.

Von den Füßen zum Gesichte,
Von Berlin bis Budapest...
Alles, alles ist Geschichte,
Die sich nicht mehr ändern läßt.

Die blinde Majestät

[Rondeau auf Georg V., hochseligste Majestät des Königreichs Hannover]

Oh, armes, armes Welfenland,
was mußte dir geschehen?
Ein König ward von Gott gesandt,
doch konnte er nicht sehen.

Die Uhrspirale war ihm sehr
ins linke Aug' gekommen.
Und später hat ein Schießgewehr
das rechte ihm genommen.

Oh, armes, armes Welfenland,
was mußte dir geschehen?
Ein König ward von Gott gesandt,
doch konnte er nicht sehen.

Als dann die Zeit erfüllet ward
und Liebe in ihm braute,
ward ihm Marie offenbart
als seine Angetraute.

Oh, armes, armes Welfenland,
was mußte dir geschehen?
Ein König ward von Gott gesandt,
doch konnte er nicht sehen.

Sie schenkte ihm und seinem Land
den Erben aus dem Schoße.
Heil, unser Herzog Cumberland!
(Man kennt ihn von der Sauce.)

Oh, armes, armes Welfenland,
was mußte dir geschehen?
Ein König ward von Gott gesandt,
doch konnte er nicht sehen.

Die Preußen kamen über Nacht
und haben ihn geschlagen.
Das hat in Harnisch ihn gebracht.
Er konnt' es nicht ertragen.

Oh, armes, armes Welfenland,
was mußte dir geschehen?
Ein König ward von Gott gesandt,
doch konnte er nicht sehen.

In Windsors Schlosse ruht er aus,
wir können ihn nicht haben.
Weh', Bismarck, du vollbracht'st den Graus.
Jetzt fressen dich die Raben.

Oh, armes, armes Welfenland,
was mußte dir geschehen?
Ein König ward von Gott gesandt,
doch konnte er nicht sehen.

Hah! Eines Tages kommen wir
heraus aus dem Gewölbe.
Dann, armer Kanzler, wehe dir!
Du mußt hinter die Elbe!

Hofball

Abendglanz fällt auf Mamór,
Wimpel weht auf Turmes Zinnen.
Wachen ziehen auf am Tor,
Überall ist fröhlich' Sinnen.

Fürsten fahren langsam vor,
Feine Fräuleins, wohlgeraten.
Zwei Rubine in dem Ohr,
Tritt herfür die Frau von Platen.

Hier die Bernstorffs, dort Graf Brühl,
die Omptedas, Kraft von Eltze.
Abends wird es hier recht kühl,
Daher trägt die Platow Pelze.

Drinnen im Gemache weilt,
schön wie Helena zu schauen,
Frau Marie. Eingekeilt
Zwischen allen ihren Frauen.

Bald wird sie von Festes Pflicht
Hercitiert durch die Trompete.
Nur der König sieht sie nicht,
Da er blind und voller Nöte.

Jetzt erklingt das Menuett!
Wie man stolz die Füße setzet!
Ach, wie ist das Hoffest nett,
Wenn sich jedermann ergetzet!

König Georg, all Dein Glanz
Offenbart sich heute Abend,
Da der Adel hier beim Tanz
So erquickend und so labend.

Wie es flötet und es geigt,
Wie sich Melodien finden...
Wie manch edler Mund sich neigt,
Um vom tiefen Drang zu künden.

Wie in Venustempels Nacht
Arme sich um Arme schlingen,
Wie der alte Amor wacht...
(Dieser ist nicht umzubringen!)

Ach, das siehst Du nicht, Monarch,
Fühlst nur Deines Weibes Regung,
Die Dir treu bis an den Sarg
Dienet ohne Überlegung.

Ja, das ist die Gattentreu',
Ja, das ist das Lied der Liebe.
Heil'ges Öl fließt täglich neu
In das Rad vom Weltgetriebe.

Die Teuerste

[Eine Ballade]

In der Fremde sitzt der König,
mit ihm sitzen Pein und Not.
Auf der Tafel steht nur wenig,
karges Salz und hartes Brot.

Ach, er denkt an ferne Tage,
als er an der Leine Strand
trug des Volkes Müh und Plage,
Herrscher im Hannoverland.

Ach, er träumt von Herrenhausen,
wo er sommerlich gewohnt.
Und er denkt an die Banausen,
die ihn herzlos, kühl entthront.

Denkt auch an die schönen Gärten,
die er niemals konnte seh'n,
denkt an seine Leidsgefährten,
die ihm treu zur Seite steh'n.

Plötzlich öffnet sich die Türe,
Gräfin Kielmannsegg tritt ein;
unter ihrer Leibstornüre
birgt sie einen kleinen Schrein.

»Die Juwelen Ihrer Gattin!«
ruft sie aus und reicht die Last
ihrem König. Und er hat ihn,
jenen Schrein, schon angefaßt.

»Durch der Preußen Barrikaden
trug ich diesen Schatz«, sie keucht.
Schwachheit fühlt sie in den Waden,
bald ist ihre Seel' entfleucht.

»Teure Gräfin!« schreit der König.
»Schicksal, ach, ich fluche dir!«
Doch das alles nützt ihm wenig,
denn ein Engel geht zur Tür.

[Geschrieben 1908]